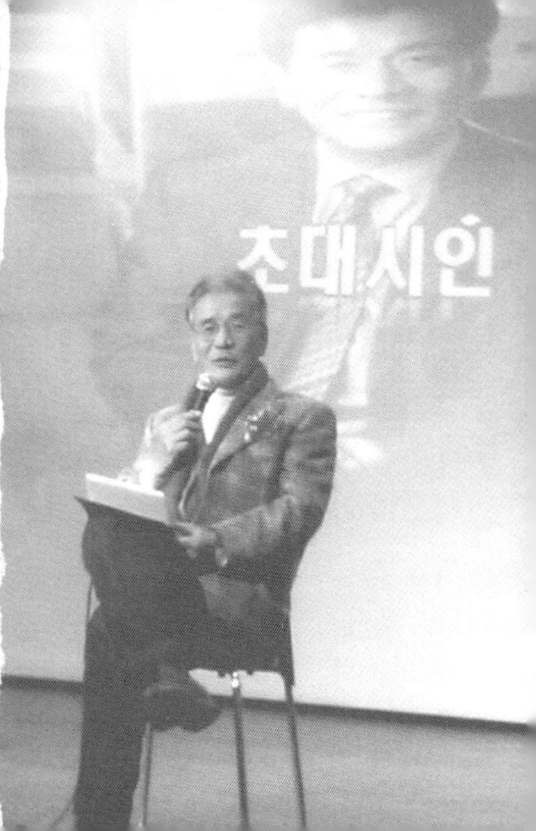
초대시인

문무학
시집

지은이 | 문무학
발행인 | 신중현

초판 1쇄 발행 | 2016년 4월 1일
초판 2쇄 발행 | 2016년 6월 1일

펴낸곳 | 도서출판 학이사
출판등록 | 제25100-2005-28호

대구광역시 달서구 문화회관11안길 22-1(장동)
전화 _ (053) 554-3431, 3432 팩시밀리 _ (053) 554-3433
홈페이지 _ http://www.학이사.kr
이메일 _ hes3431@naver.com

ISBN _ 979-11-5854-017-3 00810

Moo Hag-Moon

문무학 시집

학이사 | HAKYISA

차 례

자연 Nature

해 Sun 달 Moon 별 Star 물 Water 불 Fire
흙 Soil 뫼 Mountain 들 Field 내 Stream
쏠 Cascade 여 The submersed invisible rock
염 Rocky Island 밤 Night 낮 Day 눈 Snow
비 Rain 놀 Sunset 봄 Spring 볕 Shine
땅 Ground 논 Paddy 밭 Field 풀 Grass
꽃 Flower 잎 Leaf 길 Road 돌 Stone 둑 Bank
섬 Island 재 Hill 샘 Spring 빛 Light 숲 Forest
늪 Swamp 곶 Head land 못 Pond

인간 Human

얼Soul 몸Body 피Blood 살Flesh 뼈Bone

털Hair 키Height 팔Arms 등Back

손Hands 뼘Span 낯Face 뺨Cheek

눈Eyes 귀Ears 코Nose 입Mouth 이Teeth

혀Tongue 턱Chin 목Neck 숨Breath

젖Milk 품Someone's Arms 배Stomach

똥Poop 샅Groin 발Feet 혹Bump 못Nail

힘Strength 침Saliva 땀Sweat 꾀Trick

꿈Dream 잠Sleep

문화Culture

삶Life 나Me 남The other 말Words

글Writing 앎Knowledge 옷Clothes 밥Rice

집Home 앞Front 뒤Rear 옆Side

붓Writing brush 칼Sword 돈Money

안Inside 밖Outside 맛Taste 멋Style

술Liquor 춤Dance 흥Excitement 뜸Steam

짝Couple 겹Layer 끈String 틀Frame

뿐Only 꽉Firmly 참Charming 빚Debt

빗Comb 왜Why 곳Place 홀Single 끝End

왜, 짧고 작은가?

문학 전문 잡지에 내 작품이 처음 실린 것은 1980년. 그때부터 우리의 정형시 시조를 써왔다. 시조를 제대로 알고 써봐야겠다는 생각으로 대학원 국어국문과에 진학, 석사과정 졸업 논문으로 「한국 근대 시조론 연구」를, 박사

학위 논문으로 「시조비평사」를 썼지만, 논문이 작품을 잘 쓰게 하는 건 아니었다. 재학 기간 중 문학평론가로 데뷔하기도 했다. 3장 6구의 정형시, 시조를 20년 이상 쓴 2000년대 초기부터 시조 형식의 활용을 극대화하기 위한 방법이 없을까 고민하기 시작했다.

그런 생각들에 골몰해 있을 때 프랑스 작가 쥘 르나르 Jules Renard 가 쓴 '뱀'이란 시를 만났다.

뱀
1
너무 길다.

였다. 놀람으로 다가왔다. 시가 짧아도 큰 감동이 있을 수 있다는 것을 느꼈다. 얼마의 시간이 흐르고 나서 이것이 전문이 아니란 것을 알았다. 2002년, 문학동네 발행, 쥘 르나르의 『자연의 이야기들(Histoires naturelles)』에서 확인되었다.

2

지구 자오선의 사분의 일의 십만 분의 일.

이 더 붙어 있었다. 전문을 만나지 않았으면 좋았겠다 싶을 정도로 처음의 인상이 강하게 남았다. 이 책에 다음과 같은 짧은 작품이 있었다.

「벼룩」, "용수철이 달린 담뱃가루"
「어치」, "들판의 군수나리"
「녹색도마뱀」 "칠 주의!"
「나비」 "반으로 접힌 사랑의 편지가 꽃의 주
소를 찾고 있다."

우리 시인들의 짧은 작품들도 적지 않다. 짧
은 시로 많이 알려져 있는 시들이다.

"내려갈 때 보았네, 올라갈 때 못 본 그 꽃."
- 고은
「소식」, "자네 언 똥구멍에 매화 피었다는 한
소식." - 김지하

「섬」, "사람들 사이에 섬이 있다. 그곳에 가고 싶다." - 정현종

「풀꽃」, "자세히 보아야 예쁘다. 오래 보아야 예쁘다. 너도 그렇다." - 나태주

「연탄재」, "연탄재 함부로 발로 차지 마라, 너는 누구에게 한 번이라도 뜨거운 사랑이었느냐." - 안도현

짧은 시라면 제쳐둘 수 없는 하이쿠를 살펴보기도 했다.

최동호는 『디지털코드와 극서정시』, (서정시학, 2012.)에서 "하이쿠가 독자적 형식으로 완성된 것은 17세기 후반 대시인 바쇼[芭蕉

1644-1694)에 의해서다. 5.7.5라는 17음절로 구성된 하이쿠는 인류가 산출한 최단형의 시로서 그 독자성을 눈여겨볼 필요가 있다. 일본 문학의 전통에서 하이쿠가 기존의 와카 형식인 5.7.5.7.7에서 뒤의 두 어구 7.7을 생략하여 독자적인 형태로 탄생한 것인데 이는 한 편의 독립된 작품으로서 서정시가 존재할 수 있는 극소의 요소로 이루어진 것이라 볼 수 있다."고 했다.

바쇼, 이싸, 부손 등이 참으로 대단한 작품을 남겼다.

"노래하고, 날고, 노래하고, 날고, 뻐꾸기는 하루 종일 바쁘다."   - 바쑈

"아래〔下〕도 아래〔下〕 아래〔下〕의 아래〔下〕 동리의 서늘함이여"   - 잇사

"밤바다, 일어났다가 앉았다가 일어났다가 앉았다가 하루 종일"   - 부손

"달에 손잡이를 매달면 얼마나 멋진 부채가 될까?"   - 소칸

"홍시여, 이 사실을 잊지 말게. 너도 젊었을 때는 무척 떫었다는 걸."   - 소세키

"이 미친 세상에서 미치지 않으려다 미쳐 버렸네"   - 시메이

짧은 시에 대한 나의 관심은 이런 작품들로 부터 촉발되었다. 우리 시조단에서도 이미 시조 형식의 원류인 3장을 축소한 것으로 양장 시조가 있었고, 단장 혹은 절장으로 불리는 형식을 이은상, 이명길 시인이 실험했고, 양동기의 '반시조半時調' 형식 실험도 있었다.

나는 2000년대 초부터 시조의 종장만으로 쓴 작품을 발표했다. 시조를 망친다는 비난을 잔뜩 받았다. 그러나 그런 비난이 내 관심의 불을 끄진 못했다. 그런 관심 속에서 아래와 같은 책들을 만나면서, 짧은 시와 흩 말 소재, 그리고 시의 재미성에 대한 나의 관심은 더욱

커졌다.

01. 시인사, 짧은 한편의 시, 『그는 아름답다』, 시인사, 1989.

02. 류시화 엮음, 하이쿠 시 모음집, 『한 줄도 너무 길다』, 이레, 2000.

03. 정끝별, 정끝별의 짧은 시 산책, 『행복』, 이레, 2001.

04. 박희진, 시집, 『1행시 960수와 17자시 730수 기타』, 시와진실, 2003.

05. 최재목, 『잠들지 마라, 잊혀져간다』, 샘터, 2004.

06. 남경태, 『개념어사전』, 들녘, 2006.

07. 권혁웅, 『두근두근』, 랜덤하우스, 2008.

08. 박진환, 박진환 제27시집, 『풍시조(諷詩調)』, 조선문학사, 2008.

09. 이어령, 『하이쿠의 시학』, 서정시학, 2009.

10. 김소연, 『마음사전』, 마음산책, 2009.

11. 정성수, 『세상에서 가장 짧은 시』, 월간문학 출판부, 2009.

12. 허일, 『단장시조집』, 시조문학사, 2010.

13. 박석순, 절장시조집, 『벌집』, 한국동시조사, 2011.

14. 박석순, 제2절장시조집, 『석공』, 한국동시조사, 2011.

15. 최동호, 『디지털코드와 극서정시』, 서정시학, 2012.

16. 고은, 선시집, 『뭐냐』, 문학동네, 2013.

17. 신세훈, 『신세훈 민조시선』, 도서출판 천산, 2014.

18. 최동호, 『수원 남문 언덕』, 서정시학, 2014.

19. Ambrose Gwinnett Bierce 지음, 유소영 옮김, 『악마의 사전』, 정민미디어, 2002.

20. Jules Renard 지음, 박명욱 옮김, 『자연의 이야기들』, 문학동네 2002.

21. Gustave Flaubert 지음, 진인혜 옮김, 『통상관념사전』, 책세상, 2003.

22. Christine Kenneaqlly 저, 전소영 옮김, 『언어의 진화』, 알마, 2009.

23. Johan Huizinga 지음, 이종인 옮김, 『호모루덴스』, 연암서가, 2010.

24. Bernard weber 지음, 이세욱. 임호경 옮김, 『상상력 사전』, 열린 책들, 2011.

그렇게 짧은 시가 좋아지기 시작했다. 심지어 작품이 아닌 낱말까지도 한 음절(홑 말)이 좋아졌다. 덴마크 언어학자 오토 예스퍼슨 Otto Jespersen이 "긴 단어는 야만의 지표다."라는 말을 했다는 것을 알았을 땐 그렇다고 무릎을 쳤다. H. 제임스가 『사자의 제단』에서

"예술에서 간결은 언제나 아름답다."고 한 말도 나를 끌어안았다.

그럼, 최초의 언어는? 그 궁금증을 해결하기 위해, 크리스틴 케닐리Christine Kenneally저, 진소영 옮김, 『언어의 진화』(The First Word : The Search for the Origins of Language, 알마, 2009.)를 읽었다. 그러나 요령부득, 어쨌든 "언어 출현 과정이 우리의 유전자에서 일어난 한 번의 극적인 사건이 아니라 육체적, 신경학적, 문화적 변혁과 점진적인 과정임을" 어렴풋이 깨달았다.

그러면서 모든 단어는 원래 홑의 언어에서 출발하지 않았을까 하는 어렵지 않은 생각을 했고 확인하기도 했다. 우리 몸의 '눈'을 예로 들어보자. 눈알, 눈썹, 눈언저리, 눈동자, 눈두덩, 눈초리, 눈총, 눈치, 눈총기, 눈치레, 눈치코치, 눈칫밥, 눈짓, 눈어림(눈대중), 눈요기, 눈인사, 눈웃음, 눈물 등 '홑' 글자인 '눈'으로부터 파생되는 낱말이 이렇게나 많아지는 것이다. 그래서 '홑' 글자가 언어의 진화에서 앞자리를 차지하지 않을까 하는 생각쯤은 할 수 있었다. 이때쯤 '홑'이라 제목을 붙이고

"하나가 아닌 것들은 모두가 다 가짜다."

21

라는 시를 썼다.

 그리하여 짧은 시의 형식과 한 음절의 낱말을 결합시켜 보기로 했다. 시의 형식으로는 시조의 종장을, 시의 소재로는 '홑 말'로 작품을 쓰기로 작정, '홑 시'라 이름 붙였다. 시조의 종장만으로 쓴 시는 지금까지 절장시조, 단장시조 등으로 불렸다. 이 시집의 작업은 우리 글, 한글의 홑 글자를 소재로(한자의 홑 글자는 제외), 홑 장의 시를 쓰기 때문에 절장, 단장의 시조와 꼭 같은 것이 아니다. 홑 시다. 홑 말을 소재로 홑 장으로 쓴 시다.

 나는 시조를 모두 이렇게 쓰자고 주장하지 않는다. 다만 우리의 소중한 문화 형식인 시조가 시대 흐름을 외면하지 않고 시대와 함께 흘러 천년만년 이어가기 위해서는 시조의 영토를 넓혀가는 일을 누군가는 해야 한다는 말을 꼭 하고 싶다. 이보다 더 좋은 형식이 나오면 그것 또한 나는 환영할 것이다.

그러면 시조를 버리고 시를 쓰면 되지 않느냐고 말할 수 있지만 그것과는 다르다. 문학 작품에는 형식미가 있다. 시조가 가진 아름다운 형식미의 핵을 지키자는 것이다. 시조 형식을 버리는 것이 아니라 형식 활용을 확대하자는 것이다. 삶이 변화하는데 그 삶을 반영하는 문학의 형식이 절대로 변하면 안 된다는 것은 너무나 답답한 일이 아닌가. 실험은 꼭 성공하기 위해서 하는 것이 아니다, 실패하기 위해서도 필요하다. 그 실패가 다음 실험의 디딤돌이 될 수 있기 때문이다.

소재를 정리하면서 긴 단어가 야만의 지표라는 말을 실감했다. 조금 깊이 생각해보면 우리 삶에서 첫 말들은 모두 홑 말일 가능성이 높다는 생각이 들었다. 이를 구체화하면서 인간과 자연 그리고 문화의 큰 영역을 정하고 각각 36개씩의 '홑 말'을 찾아서 시를 쓰기 시작했다. 그렇게 하면 108편이 되는데 굳이 108로 만든 뜻은 시조사에서 첫 개인 시조집인 최남선의 『백팔번뇌』(1926)가 최초주의의

상징적 의미를 지니고 있어, 내 나름으로는 '홑 시'의 처음이라는 의미를 심고 싶기 때문이다.

한글의 홑 말을 소재로 한 이 작품들에 언어유희적 작품이 적지 않다. 더러는 심각한 말을 하려고 애쓴 것도 없지 않지만 이때는 관념을 떠난 경험이 중시 됐으며, 재미가 그 첫째 노림수였다. 그것은 내 의도다. 나는 2009년에 낸 시집 『낱말』을 통해서 시가 쉬워야 하고 재미있어야 한다는 걸 체험했다. 이 시집은 어떤 의미에서든 『낱말』의 연장선에 있다. 그간 어렴풋하던 예술관도 비교적 선명하게 자리 잡았다. 시인이 고상한 척도 우아한 척도 하지 말아야 하며, 특히 독자를 가르치려는 생각은 추호도 하지 말아야겠다는 것이다. 시는 철학도 아니고 교육도 아니다. 오로지 즐기는 것이다. 요한 하위징아(Johan Huizinga)의 '놀이하는 인간'『호모루덴스(Homo Ludens)』가 그런 깨우침에 큰 도움을 주었다.

이런 의도로 작품들을 담는 그릇으로 어떤 책을 만들까? 오래 고민했다. 재미있게 만들고 싶었다. 책이 아닌 것 같으면서 진짜 책인 것, 짧은 시니까 작은 책을 만들어보자는 생각을 했지만 어느 정도 작게 할까는 결정하기 어려웠다. 책을 작게 만들자니 책의 볼륨이 형성되지 않아서 볼품없는 책이 될 가능성이 많았다. 그래서 생각한 것이 영역이다. 순 우리말을 그것도 우리말만이 가진 언어 유희적 작품이 적잖은데 영역하는 것이 옳은가를 많이 고민하다가 결국 영역하기로 했다.

그 이유의 첫째는 책을 예쁘게 만들 수 있겠다는 생각, 시집은 왜 똑 같은 판형이어야 하고, 시집 판형이라고 부를 만큼 고정되어야만 하는가? 이런 것들이 시집에 대한 싫증을 불러오는데 한 몫 하지는 않았을까 하는 생각에 이르자 작은 판형에 볼륨 있는 책이라는 구체적인 형태로 결정하게 되었다.

둘째는 지금은 다문화시대, 영어가 국제어

인 시대다. 이미 우리는 상당수의 외국인과 함께 살고 있다. 그들에게도 우리 시를 읽힐 필요도 있다는 생각이 들었다. 영역하면서 나는 여러분으로부터 큰 도움을 받았다. 내게 영어를 가르쳐주던 대학생 김다은 양과 함께 번역을 했고, 강연지 양이 교정을, 대구경북연구원의 이정미 박사가 감수해주셨다.

이 시집의 제목을 『홑』으로 하는 것은 시의 소재를 우리 말 홑글자, 형식을 시조의 종장을 활용한 홑장으로 하기 때문이다. '홑'의 사전적 풀이를 빌리면 명사로서 "짝을 이루지 아니하거나 겹으로 되지 아니한 것"이란 의

미가 있고, (일부명사 앞에 붙어) '한 겹으로
만 된' 또는 '하나인', '혼자인'의 뜻을 더하
는 접두사라고 풀이하고 있다.

　그 뜻이 예사롭지 않다. 인생은 겹이 아니고
내 인생의 나는 혼자다. 또 한글 '홑'자는 한
자 '魂'의 한글표기 '혼'과 비슷하다. 더러는
'홑'자가 '혼'으로 읽히기도 한다. '혼'은 그
야말로 겹이 아니며, 둘이 아니고, 나눌 수 없
는 하나가 아닌가! 그런 의미를 억지로라도
끌어안고 이 시집이 어떤 의미에서든 '하나
인' 시집이 되었으면 좋겠다는 생각을 담은
것이다.

　시가 길든 짧든, 소재가 홑 말이든 겹말이

든, 책이 크든 작든 시집 제목이 길든 짧든 그런 것이 시와 시집의 본질은 아니다. 가장 근원적인 문제는 이 책에 담는 시가 감동을 줘야 한다는 것이다. 그런데 그게 아무래도 모자랄 것 같다. 내 능력의 한계라는 말밖에 다른 말은 없다. 그러나 어쩌다 이 책을 만나는 독자는 시가 짧다고 만만히 보지 말고, 책이 작다고 얕보지 말았으면 좋겠다. E. F. 슈마허 Schumacher가 『작은 것이 아름답다』는 책을 내고, "작은 것은 자유롭고, 창조적이며, 효과적이며, 편하고, 즐겁고, 영원하다."고 했으며, 한때 세계적인 화두가 되지 않았는가. 이보다 더 먼저 우리에게는 '작은 고추가 맵다'

는 아주 당찬 속담이 있었다. 나는 이 책이 매
운 고추 하나 쯤 됐으면 참 좋겠다.

자연

NATURE

해

어둠을
해치우고선

명령한다
일을
해

Sun

Eliminating
Darkness,

I command,
Do work

달

하루만
둥글어지니

한 달
내내
달뜨네

Moon

I gradually become
Rounder and fuller

For an entire month,
Ever since I got round
Just for one day

별

참 별난
생각을 해야

별로 뜬다
총
    총
        총

Star

Off - the - wall ideas
Make the star

Twinkling in the
S
    K
        Y

물

아래만
바라보아도

바다까지
이른다

Water

Once I flow down,

I reach to the ocean

불

솟구쳐
올라만 가는

막무가내
불한당

Fire

Soaring up in to the air

A stubborn hoodlum

흙

흐르다
멈췄으리라

뭇 생명들
머물게

Soil

It would flow and stay

For all creatures to stay

뫼

모였다.
흙, 바위들이

나무 안고
풀 안고

Mountain

Soils and rocks
are gatehred,

Embracing trees,
Embracing grasses

들

넓어서 들 수 없으니

덜어내라 욕심을

Field

Empty your desire

As it's too broad to handle

내

얕다고
얕보지 마라

내 뿌리는
바다다

Stream

Stop teasing my depth

I am from the ocean

쏠*

작아도
쏠릴 순 없다

떨어진다
똑
바
로

Cascade

Even if it' s small,
It is not tilted to one side
It falls
S
T
R
A
I
G
H
T

여*

여보게
날 보았는가?

나 있잖아
여기에

* 물속에 잠겨 보이지 않는 바위

The submersed invisible rock

Hey,
Can you see me?

Here I am

염

잡것을
섞지 않으니

작아지고
말았다

Rocky Island

Not intermingled
With anything,

It became
Smaller

밤

오늘을 이불로 덮고

세우나니 내일을

Night

Putting a blanket on Today,

Makes Tomorrow

낮

낮은 곳
굽어 살펴라

높은 곳에
해 떴다

Day

Pay attention to lower places

Sun rises at the high place

눈

내려서
이내 녹으니

눈물밖에
없어라

Snow

Falls, then melted down soon,

Teardrops are only left

비

하늘은 세상추하면 비를 준다 쓸라고

Rain

Heaven gives the world

R
A
I
N

To sweep the dirt off

놀

놀 보러
놀러 갔더니

놀이 놀라
벌겋다

Sunset

I went there to see a sunset,

The sunset blushed
Because it is surprised

봄

보아라!
튕겨 오르는

스프링의
경쾌를

Spring

Look at bouncing,

Cheerful cadence of spring

볕

보이지 않는 손으로

꽃과 잎을 꺼내네

Shine

With unvisible hands

It takes out flower and leaves

땅

초록에
젖물려 놓고

하염없는
어머니

Ground

Feeding green,

She is benevolent mother

논

아버지
놀다 오시면

이팝꽃이
피던 곳

Paddy

The place where
my father stayed,

Blooming fringe trees
were there

밭

호미로
밑줄을 긋던

울 엄마의
책 한 권

Field

My mother' s book

She underlines it with a hoe

풀

사람이
돌보지 않아

늘 푸를 수
있어라

Grass

It could be
Always green,

Because
Nobody cares

꽃

발칙한
끝내 못 참고

미친 듯이 벙그냐

Flower

Insolent,
Couldn't bear it

Bloom vigorously

잎

인생이
알고 싶으면

나뭇잎을 보아라

Leaf

If you want to know about life,

Look at the leaves

길

애당초
있는 게 아니라

만들면서 가는 것

Road

Not be there
Originally,

But be made

돌

함부로
던지지 마라

돌아올라
네게로

Stone

Don' t throw them
Thoughtlessly,

It would come back
To you

둑

두둑히
쌓아올려야

강물 깊이
흐른다

Bank

The higher
You bank up,

The deeper
The river flows

섬

서 있다
눕지 않거니와

앉지도
않는다

Island

It stands,

Neither lying down
Nor sitting down

재

꿈꾸는
내 모든 것과

가진 것의
경계선

Hill

The boundaries between
Everything what I dream about and

Everything what I have

.

샘

숏구쳐
오른다 해도

샘을 내지 마세요

Spring

Spring water
Bubbles up

But don't be jealous

빛

내 그늘
비춰낼 빛은
오직 내 맘 뿐이다

Light

The only thing
That lights my shadow
Is my mind

숲

치마폭
펼칠 대로 펼친

어머니의
어머니

Forest

The mother of my mother,
Who spreads over the skirts
As wide are possible

늪

깊이는 감추어 두고

넓이만을 보이네

Swamp

It hides its depth,

And only shows its width

곶*

더 이상
달릴 수 없어

멈춰서고
말았다

* 바다로 돌출한 육지의 선단부

Head land

I should stop there,

Couldn' t run any longer

못

못 하나
박을 수 없는

흐늘흐늘
물나라

Pond

It is a mushy Waterland

Where nothing can be nailed down

인간

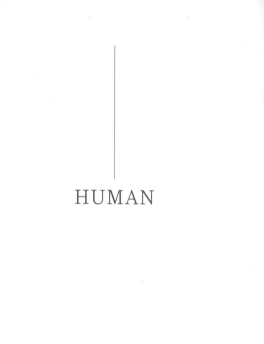

HUMAN

얼

인간의
몸집에 숨긴

서늘한
신의
칼

Soul

A keen sword of God,

Hidden behind human's body

몸

이만큼
많이 모인 것,

세상에는
없어라

Body

The thing gathered this much is,

The only one in this world

피

피 끓어
피어나나니
피 말릴 일
피해라

Blood

Making blood boil let things bloom

So, avoid what makes your body dry

살

살아야
사라지지 않는다
살찌우며
살펴라

Flesh

Being alive makes you exist,
Fatten yourself and
Take care

뼈

바탕은 모두 하얗다

뼈가
하얀 이유다

Bone

All foundation is white

That is the reason
Why the bone is white

털

가늘고
부드러워도

면도칼의
아버지

Hair

Even though it is thin and soft

It is the father of a razor blade

키

머리
서
발
바
닥
까
지
멀
었
으
면
좋겠다

Height

I want a long
D
I
S
T
A
N
C
E
From head to foot

팔

힘찬 걸,
'팔팔하다'는 건

팔이 둘인
그 까닭

Arms

The energetic is called as 'spirited'*

That is the reason
Why we have two arms*

* Be Eight and Eight
* Arms=Sound 'Eight' in Korean

등

애당초
돌리는 게 아냐,

서는 거야
꼿꼿이

Back

It is originally not to turn

It is to stand upright

손

아무리
움켜쥐어도

너의 것은
손금 뿐

Hands

What you own is the lines

In the palm of your hand

뼘

한 뼘은
멀지도 않고

가깝지도
않아라

Span

A span is neither distant nor close

낯

영혼을
비추는 거울

내가 볼 수
없으니

Face

It is the mirror reflecting my soul

But there is no way to see

뺨

때리지
않는 게 옳아,

맞을 짓은
내가 해

Cheek

It is better not to slap
Someone's cheek,

You could misbehave
Deserving of punishment

눈

감정을 조절해내는

생각 깊은 저수지

Eyes

It is a deep reservoir

Which controls emotions

귀

하나가
아니더라도

귀한 것은
귀하다

Ears

Even though it is not the one,

Priceless thing is priceless

코

기운이
드나드는 곳,

코를 자주
풀어라

Nose

The place where energy comes
In and out

Blow your nose frequently

입

이의 집, 윗니 아랫니 어금니와 송곳니

Mouth

The house of teeth,
The upper and lower tooth
Back and eye tooth

이

뼈들아!
옷을 입어라,

나만 반쯤
벗겠다

Teeth

Hey, bones!
Wear clothes

But I am the only one
Half-naked

혀

사람이
가진 것 중에

힘이 젤로
강한 것

Tongue

It is the most powerful thing

Among what human has

턱

턱 괴고
앉아 있거라

깊어진다
인생이

Chin

Sit down while cupping your chin
In your hands

It makes your life deepen

목

모르지,
목이 없으면

얼굴과 몸
다른 걸

Neck

Who knows,
Without neck

Face and body
Are different

숨

참으로
하찮은 듯해도

숨 못 쉬면
못 살아

Breath

Trivial,
Seems like

No breath
No live

젖

모성에
젖고 젖어서

끈이 됐다.
길고
긴

Milk

It got wet and wet
With mother's love

Became a thread
Long and
Long

품

추위가
어떤 것인가

물어보고
싶은 곳

Someone's Arms

That is the place
Where I want to ask
What is the coldness

배

배 타고
배를 먹으면

배부름이
배 될까?

Stomach

If I take a ship and eat pears,

Does it double my fullness?

* The word ship, pear, double, and fullness
  sound starts with 'Bae' in Korean.

똥

돌아야
완성 되는 것

돌고 돌고
또
돌아

Poop

This becomes only completed

When it goes and comes around

샅

다리와
배가 만나서

만들어낸
골짜기

Groin

It becomes a valley,
When legs and stomach
Meet together

발

바르게
걸어가라고

'발'로 쓰고
있잖아

Feet

I write with 'feet'
Because they teach us
To walk in a good posture

혹

둥그레 솟아올라도

부끄러울 뿐이다

Bump

It shoot up and gets round,

But it is shameful

못

못 하나
박지 않고는

이룰 것이
없어라

Nail

If you do not drive
Any single nail in it,

There is nothing to achieve

힘

힘내라,
죽을 그 때도

죽을 힘이
필요해

Strength

Cheer up,
When you are going to die,

You need to have strength to die

침

뱉는다
그러기 보단

바르는 게
좋을 걸

Saliva

You would rather spread it over

Than spit it out

땀

내 몸속
바다서 건진

삶을 닦는
소금물

Sweat

It is saltwater
From the sea of my body,

Which wipes my life

꾀

꼬이고
꼬인 것들을

풀어내는
꼬투리

Trick

It is the clue

To untangle twisted strings

꿈

죽음과
악수를 해도

버릴 수는
없는 것

Dream

The thing that I cannot give up

Even when I should reconcile with
death

잠

죽음이
너무 두려워

매일매일
연습해

Sleep

Being scared of death

Let me practice it everyday

문화

CULTURE

삶

사람이
살아가는 걸

한 글자로
묶었다

Life

It ties the human living to one word

나

온전히
내 것인데도

내가 가장
모르는

Myself

Which is
Entirely mine

But I fully
Don't know

남

남이란
원래 없는 것

날 받치는
받침돌

The other

The other is not existing

It is just a bondstone

말

길이다
그대를 향한

붉디붉은
내 마음의

Words

It is a road
Toward you

A red road
Of my mind

글

아픔이
깊숙이 새긴

내 마음의
생채기

Writing

It is a scratch of my mind

Engrained deeply with pains

앎

이날 껏
사모했으나

근처에도
못 갔다

Knowledge

I have longed it for a long time

But I could never close to it

옷

오시다
날아오시다

날개 하나
없어도

Clothes

It's coming
It's flying toward me

Without any wings

밥

바라만
보는 사람은

바보다
밥이다

Rice

The man who always stare is a fool

Also is a rice

집

옷 짓고
밥 지어 먹으며

눈물 닦는
몸 그릇

Home

Here I make clothes,
Cook and eat rice,

This is the bowl of body
To wipe tears

앞

앞장 서
이끈다는 것

아프니까
앞이다

Front

Leading other on the front
Is painfull

So it is the front

뒤

인생이 앞에만 있는가?

뒤도 돌아 봐야지

Rear

Does life only exist on the front,

We need to look back

옆

허전한
옆구리 근처

눈길 한 번
줘보렴

Side

You need to have eyes

For near lonesome side

붓

너 없이
역사가 어찌

온전할 수
있으랴

Writing brush

How can be
The history whole
Without you?

칼

아무리
강하다 해도

물은 벨 수
없어라

Sword

Regardless of strength,

It can not cut water

돈

돈 따라
돌아다녀봐

돈 놈밖에
더 되나

Money

Try to go after money

You're no more than mad

안

'아니야'
그게 아니고

바깥 아닌
'안' 이야

Inside

No,
That is not the out side
But the inside

밖

'밖' 자는
깨금발 딛고

바깥 바라
보는 것

Outside

The word 'outside' in Korean,
Is watching outside
While standing tiptoes

맛

무엇에 달린 것 아니라

누구랑에 달린 것

Taste

It is not depending on something

But depending on whom

멋

'무엇이'
준 말일 것이다

그만 가진
그 무엇

Style

It is short for 'what'

It is a Unique thing that only he has

술

근심을
잊자 했으나

나를 먼저
잃었다

Liquor

I tried to forget about worries

But I lost myself first

춤

추어라,
춤을 추어라

추한 것들
춥도록

Dance

Dance
Dance to it

While ugly things to be cold

흥

어깨가
먼저 나서고

손과 발이
따랐다

Excitement

Shoulders
Take the lead first

Then hand and foot
Follow them

뜸

뜸 들지 않은 사랑은 사랑이 아니어라

Steam

The love not steamed is not real

짝

'짝' 자는
자기와 자기

줄여 만든
글자다

Couple

The word 'couple' in Korean

Is short for self and self

겹

인생에
겹이 없는데

다른 겹이
있은들

Layer

There are no layers for life

But 'no layer' is necessary

끈

끈질겨
끈이 되는 것

끈끈하게
이어라

String

A string
Made by persistence

Connect it
Strongly

틀

너만은
버리고 싶다

외로워진다 해도

Frame

I just want to throw you away

Even if I become lonely,

뿐

너 있어
나뿐이란 말

내버릴 수 있구
나

Only

I now realize that the words
'Because you exist,
I can the only one'
Can possibly be throw away

꽉

꽉 눌러,
슬픔은 원래

고갤 자주
쳐 들어

Firmly

Firmly press it

Sadness frequently lift its head

참

참한 건 참고 참아서
피워내는 꽃이리

Charming

A charming one is a flower
That blooms after long patience

빗

빗 없이
살 수 있기를

빌고
빌고
빌어도

Debt

Even I wished to live
Without debt

So
Many
Times

빗

빗길에
비질해 뭣해
빗나가고 말텐데

Comb

It is useless to comb a road
In the rain
It will go wide

왜

닫힌 문
열어젖히는

힘 아니면
열쇠다

Why

It is a key or a power,

To throw a door open

곳

세상은
할 말 다하고
사는 곳이 아니야

Place

The world is not the place
Where people can say
Whatever they want

홀

하나가
아닌 것들은

모두가 다
가짜다

Single

Anything that is not

The only one is all fake

끝

숱하게
많을 것 같아도
꼭 한 번만 있는 것

End

It seems that
There are so many endings,
But only once is there

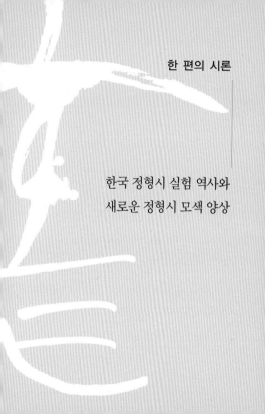

한 편의 시론

한국 정형시 실험 역사와
새로운 정형시 모색 양상

Ⅰ. 문제의 제기

예술의 세계에서 실험은 생명이라 할 만큼 중요하다. 새롭지 않은 것이 살아남을 수 없고 새롭지 않은 것은 예술의 이름을 얻기가 어렵기 때문이다. 그 무엇을 창조한다는 것은 실험이라는 과정을 거치지 않을 수 없다. 그래서 작품을 창작하는 모든 예술인은 '실험인'이라고 해도 틀리지 않을 것이다.

예술계에서 쓰이는 '실험實驗'의 의미는 창작 활동에서 "새로운 방법이나 형식을 사용해 봄."이다. 실험을 통해서 예술인들은 그 스스로가 추구하는 미의 세계에 진입하려 하는 것이다. 예술뿐만 아니라 우리 삶의 전 분야에서도 실험이 낳는 새로움은 삶을 바꿔주고 있다. R. 스티븐슨은 "청춘은 이것이든 저것이든 모두가 실험"이라고 했고, R. W. 에머슨은 "모든 인생은 일종의 실험이다. 실험을 많이 하면 할수록 더욱 좋다."고도 했다.

이런 관점에서 한국의 정형시 시조를 바라보고자 한다. 시조는 오랜 역사를 지니고 있다. 그 시대 흐름에 발맞추며 그 시대정신을 표출하기 위하여 변화를 모색하기도 했고 나름대로 적절하게 대처해 오기도 했다. 그러나 근대 이후 시대에 적응하기 위해서 변화를 모색하는 실험을 해 왔는가 하는 점에 초점을 맞추어 보면 만족스럽게 생각하기는 어렵다.

본고는 한국 정형시 시조가 700여 년의 역사를 쌓으면서 그간 이루어졌던 실험의 양상을 살피고, 최근 시도되고 있는 새로운 정형시의 모색 양상을 고찰해보고자 한다. 이를 통해서 실험과 모색의 의의를 살리는, 시조 형식 활용의 확대를 위한 방안을 모색하고자 한다.

II. 한국 정형시의 실험 양상

　박을수는 『한국시조문학전사』, 성문각, 1978.에서 "시조 형태의 새로운 시도"라는 항목을 통해 사설시조, 양장시조, 장형시조, 절장시조(단장시조), 겹(중)시조, 반시조, 장편서사시조 등 일곱 가지를 실험의 형태로 정리했다. 본고는 이 논의들을 요약 정리하면서 필자의 견해를 덧붙이는 방식으로 논의를 전개한다.

박을수는 사설시조와 장형시조를 나누어 기술했으며, 엇시조와 연시조에 대한 언급은 하지 않았다. 필자는 엇시조를 사설시조에 포함시키고, 사설시조와 장형시조를 같은 형식으로 보고, 연시조도 시조 형식 실험으로 보아야 한다는 생각을 갖고 있다. 시조의 형식적 실험의 역사를 살펴보면 크게 두 가지 방향으로 전개 되었는데, 그 하나는 3장을 확대한 것이며 다른 하나는 3장을 축소한 것이다.

1. 원형의 확대

1) 사설시조

박을수는 사설시조의 발생 배경과 전개과정에 대해 다음과 같이 논하고 있다. "시조는 그 발생이 유교이념의 도입과 때를 같이하고 있다. 이는 시조의 역사적 기능이 유교이념의 형상화라는 명제를 띠고 유교도들의 손에 의해서 만들어졌다는 말이다. 그러나 유교가 이념의 질곡에 빠져서 공리공론으로 전락하자 그에 대체하여 도입된 것이 실학사상이었다. 실학사상은 모든 분야에서 분수령을 획할 만큼 영향이 컸지만 문학 면에 끼친 영향은 이때까지의 율문 전성에서 산문 문학의 기틀을 마련했다는 점이라 하겠다. 이런 시대적인 추세에서 단형인 시조도 외부적인 압력을 받기에 이르렀다. 유교이념의 형상화란 시조의 역사적 기능이 상실된 이상 시조 형태는 쓸모가 없어졌고, 시대적인 추세가 산문화하는 속에서 시조형식은 복잡한 사상 감정을 표현할 수 없다는 이중의 비난에 직면하여 그 존폐의 기로에 서게 되었다. 이런 비난에 대한 해결책으로 시도된 것이 사설시조였다. 즉 사설시조는 3장체라는 시조 본래의 정형을 유지하면서 종장의 제 1, 2구에 무리가 가지 않는 범위에서 무제한으로 산문화할

수 있는 길을 터놓아서 위의 두 가지 비난을
모두 감당할 수 있는 양식으로 변형을 한 것
이다. 이것이 유학도들이 시조 형을 발견한
이래 최초의 형태적인 변형이었다. 그러나
사설시조 형이 한때 총아로 등장하였으나 오
래 가지 못한 것은 그 문학성 내지는 예술성
의 결핍이라 할 수 있겠는데 그것은 사설시
조가 아무리 시대적인 추세에 따른 것이라
하더라도 그 형태를 향유하는 계층의 문화의
식의 정도가 문제된다는 명제를 보여준 것이
라 하겠다."(박을수, 앞의 책. PP. 307-308)

사설시조는 발생 배경이 시대 변화 수용이

라는 큰 명제를 가지고 있다. 따라서 오늘날까지 비교적 많은 시조시인들이 창작하고 있어 성공한 실험이라 평가할 수 있으며, 최근 들어 사설시조를 쓰는 동인이 결성되는 등 앞으로도 더욱 발전하게 될 것으로 보인다.

2) 연시조連詩調

연시조는 고시조에서도 2수에서부터 40수에 이르는 윤선도의 〈어부사시사〉에 이르기까지 많이 창작되었다. 심재완의 『정본시조대전』에 실린 연시조 일람표를 보면 고시조에서도 49편에 이른다. 연시조는聯時調는 연형시조連形時調·연작시조連作時調라고도 하며 한 제목 아래 2수 이상의 시조로 엮어진 것을 말한다. 문헌에 나타난 최초의 연시조는 맹사성의 〈강호사시가江湖四時歌〉이다. 고시조에서는 평시조를 연작하는 것이 보통이었으나 현대에는 평시조뿐 아니라 엇시조·사설시조를 연작으로 쓰기도 한다. 이것은 한시의 연작이나 현대 자유시에서 여러 연聯이 나타나는 것과 같은 이치이다. 윤선도의 〈어부사시사〉, 이이의 〈고산구곡가高山九曲歌〉, 박인로의 〈입암가立巖歌〉 등이 있다. 그러나 고시조의 연시조聯詩調는 오늘날 우리가 이르는 연시조連時調와는 엄격한 의미에서 차이가 있다. 고시조는 연시조聯詩調의 의

미를 가지지만, 현대시조는 연형시조連形時調
의 의미를 가진다.

현대 연連시조는 현대시조의 출발점이 되
는 1907년 사동우대구여사의 '혈죽가血竹歌'
로 시작되지만 1932년 이병기가 '시조는 혁
신하자'(동아일보 1932. 1. 23~31) 라는 논문을 연
재하면서부터 본격화 되었다고 볼 수 있다.
이병기는 시조의 혁신을 요구하며 그 혁신
방안으로 다음과 같은 주장을 했다.

① 실감, 실정을 표현하자.
② 취재의 범위를 확장하자.
③ 용어用語의 수삼數三(투어를 배척하고 새

말을 쓰자)

④ 격조의 변화

⑤ 연작連作을 쓰자.

⑥ 쓰는 법, 읽는 법 들이다.

이 중에서 ⑤의 연작을 쓰자는 주장을 실험으로 간주하지 않을 수 없다.

가람은 이 글에서 "한 제목을 가지고 한 수이상으로 몇 수까지든 시를 지어 한 편으로 하는데 한 제목에 대하여 그 시간이나 위치는 같든 다르든 다만 감정의 통일만 되게 하는 것이다." 그리고 "무엇을 주제로 하든지 중심으로 하든지 하여 그 시간이나 위치도 그 감정을 통일함에 어긋나지 아니할 만한 정도 안에서 변동이 있게 해야 할 것이다."라고 연작의 필연성과 당위성을 말하였다.

오늘날 시조단에서 연시조는 주류를 이루고 있고, 시조의 원류라고 하는 단형시조보다 더 많이 창작, 지금은 단형시조를 쓰자는 주장이 일고, 시조 잡지들이 대부분 매호 단시조 특집을 마련, 단형시조 짓기 운동을 펼치고 있다. 연시조는 형식 실험에서 가장 성공한 것이다.

3) 겹(重)시조

이명길이 1962년 『푸른 역정의 황지』라는

제목의 시집을 통해 주장한 형식으로 평시조나 양장시조, 그리고 절장시조를 자유로이 배열하여 혼합시조로 쓴 것이다. 작품을 예로 들어보면 다음과 같다.

어머님
그것은 告白한 검은 순례(巡禮)의 울음이다.
- 〈절장시조〉

긴 역정(歷程)에 서린 사연(事緣)을 읽는 가을이 오면은
떨리는 숨소리에 끼인 상복(喪服)의 꿈을 깨우리다.
- 〈양장시조〉

함께 있는 모든 것이
가슴이고 피멍입니다 ('피며입니다' 가 오자로 보임)
폭풍(暴風)의 시련(試練)이
홍범(洪範)의 은혜(恩惠)처럼

잔인(殘忍)한 여음(餘音)을 남긴 채
귀의(歸依)하는 아들.

- 〈단형시조〉

내일도 태양(太陽)이 뜬다. 이끼 낀 한숨이 진다.

- 〈절장시조〉

이 작품에 대해 박을수는 "시조의 율만을 썼다 해서 그것이 곧 시조라고 하기는 어려울 것 같다."고 비판했다.

4) 옴니버스 Omnibus 시조

옴니버스 시조는 이명길의 겹시조와 유사하나 이명길이 주장한 절장시조나 이은상이 실험한 양장시조는 제외하고 단형의 형식과 장형의 형식을 함께 쓴 것이다. 이태극은 '혼합연형시조'라는 용어를 쓰기도 했다. 필자는 용어에 문제가 없는 것은 아니지만 시조의 영역을 확대한다는 의미에서도 그렇고, 시대 변화의 수용이라는 측면에서도 의미가 있는 실험이라고 본다.

5) 장편서사시조

장편서사시조는 윤금초의 『어초문답』을 시작으로 해서 의욕 있는 시인들에 의해 시도되었다. 조주환의 『사할린의 민들레』, 민병도의 『원효』같은 작품들이 책으로 간행되었다. 이 또한 시조의 영역을 확대시키는 역할을 담당하고 있다.

2. 원형의 축소

1) 양장시조

양장시조는 3장인 시조를 2장으로 줄여 쓴 것인데 종장은 그대로 유지하는 특징을 가진다. 이은상이 1931년에 낸 『노산시조집』에 여러 편의 양장시조를 실으며 다음과 같은 창작 논리를 제시했다.

"시조 창작에 있어서 어느 때는 3장의 형식도 깊은 내용을 담기에는 오히려 모자라지마는, 다시 어느 때는 3장도 도리어 긴 때가 있다. 옛 사람들은 이른바 평시조의 3장 형식보다 좀 더 여유 있는 '엇시조'니, '사설시조' 니 하는 긴 형식을 마련하기도 했었다. 아니 시조 형식의 유래를 만일 고려가사에서 발전해진 것으로 본다면 긴 형식의 것이 차츰 줄어지다가 지금 우리가 말하는 보통시조의 3장 형식에까지 와서 그쳐진 것이라고 말할 수 있을지도 모른다. 다만 그러면서도 3장 형식보다 좀 더 짧은 형식을 구상해보지 못했을 따름이다. 그러므로 우리는 이미 있어 온 그 형식에만 만족할 수는 없다. 객관성을 부여할 수 있기만 하면 얼마든지 새로운 형식을 생각해 낼 수 있는 것이다. 아니 이것은 우리들이 가지고 있는 문화전통의 개척 발전을 위해서 보다 더 요청되는 일일지도 모른다. 할 걸음 더 내켜서 문화를 개척하고 창조하려는 의욕에서는 마땅히 하지 않으면 안 될 일이라고도 할 수 있는 것이다. 나는 여기서 잠간 성삼문의 시조 한 수를 검토해 본다. '이 몸이 죽어가서 무엇이 될꼬 하니' 란 초장에서 아랫 구절은 전혀 불필요한 허사라 할 것이요. '봉래산 제일봉에 낙락장송 되었다가' 란 중장에서 윗 구절이 반드시 뜻 없는 것이야 아니지마는, 노래의 본의로 본다면 '낙락장송' 이란 것에 있는 것인 만큼, 결국 시상의 내용을 정확히 말하면, '이 몸이 죽어가서 낙락장송 되었다가' 란 한 줄로써 족한 것임을 알 수 있다.

우리 옛시조에서 이러한 예를 들추어내자
면 얼마든지 가져올 수 있으려니와 나는 이
점에서 2장시조란 것을 생각하게 되었고, 또
그것이 객관성을 가지고 있음을 의심하지 않
는다. 요컨대 초중종 3장으로 된 시조가 아
니라 전후 2장으로 된 시조란 뜻이다. 나는
이 형식을 가지고 몇 십 년 동안 줄곧 써 왔
고, 앞으로 많은 동지들의 시작을 바란다."
(삼중당 문고 노산시조집, 1976년 초판, 1982년 중판
202~203쪽)고 했다.

그러나 양장시조에 대해 박을수는 "시조의
구조적 특징이 起(초장), 承(중장), 轉(종장
내구), 結(종장 외구)의 형태에서 호소력을

준다는 점이라 하겠는데 중장이 빠지면 종장이 지나치게 급박감을 주어 시상의 안배에 무리가 있기 때문이라 하겠다."고 밝혔다.

그러나 이 실험에 대해서 많은 관심이 모아져 1961년 「시조문학」제 2호에서는 양장시조에 대한 설문 조사를 실시했다. "양장시조를 어떻게 보십니까?"라는 질문으로 조사한 앙케이트에서

① 하나의 시도니까 어떻다고 말할 수 없으나 창과는 구별된다.　　　　　　　　- 이관구

② 시상에 따라 다르므로 자유를 주어야 되겠다.　　　　　　　　　　　　　　　- 주요섭

③ 노산 선생 외에는 별반 여기에 대한 연구가 없는 듯한데 글쎄요,　　　 - 장사훈

④ 형태에 구애할 필요가 없다고 봅니다.

- 조병화

등의 답변이 나왔다. 박을수는 이 답변에 대해 "대부분이 회의적인 반응을 보이고 있다."고 했지만, 필자는 2와 4의 답변은 긍정적인 답변이 아닌가 생각된다.

2) 절장(單)시조

이명길의 실험으로 종장만으로 쓰는 작품을 말한다. 지금은 단장시조라는 말이 더 많

이 쓰이지만 이명길은 절장시조라고 불렀다.
다음과 같은 작품들이다.

- 본향 : 담벽에 풀 무성한 자리는 내가 자란
　　　　고향
- 담배 : 피우고 또 피워 태우는 나의 멍든 맘
　　　　에 찬 밤
- 춘심 : 사랑의 노래 소리 고와라
　　　　날개 돋친
　　　　님의 들길

　박을수는 "형식상으로 보아 종장만 있기
때문에 시조 고유의 기승전결의 시상의 전의

가 없고, 형태적인 특성이 완전히 파괴되었으며 시조가 갖는 고유의 의취가 결한 것 같다. 이후 다른 작가들의 시도가 없음을 보아도 시조로서는 상당한 거리감이 있다 하겠다."고 밝히고 있으나, 최근 들어 이에 관한 논쟁이 일기도 하고 단장시조집을 낸 시인들도 있다.

최근의 논의로는 이종문 "단장시조를 다시 생각함"(현대시학, 2011년, 1월호.), 이송희 '시조의 정체성을 위한 몇 가지 문제' - 이종문의 단장시조를 다시 생각함에 대한 문제 제기(현대시학, 2011년, 4월호.)가 있고, 최동호가 「유심」 2011년 7. 8월호 권두논단에서 '극서정시의 기원과 소통'이라는 글에서 이 논쟁을 언급했다. 단장시조집은 허일의 『단장시조집』, 박석순의 『별집』, 『석공』 등이 있다.

3) 반시조(半時調)(가칭) (시조문학 31집 1973년 6월 25일)

양동기梁棟琪가 주창한 것으로 삼장체를 유지하고, 종장 내구의 자수율을 고수하며, 기승전결의 시상의 구조를 살린 채, 초장과 중장, 종장 외구의 자수를 없애면 반시조가 될 것이라고 했다. 그는 종래의 양장시조와 절장시조를 비판하고, 이은상의 양장시조 '소

경이 되어 지이다' 와 '망부석'을

뵈오려
못 뵈온 님
눈감으면
보이시네

감아야 보이신다면
소경이 되어지이다.

끝내는
쓸어진 넋

어이
꽃으로 될꺼나

뭉쳐진 한 마음 돌이려니
億劫이라 가실까.

　와 같이 반시조로 표기하고 , "위의 두 편의
양장시조는 필자의 생각으로는 차라리 처음
부터 반시조라고 부르고 싶은 작품들이다."
라고 말하고, 그러나 반시조가 되려면,

　첫째, 3장체를 유지하고
　둘째, 종장 내구의 자수율을 고수하며

셋째, 기승전결의 시상의 구조를 살린 채,

넷째, 초장과 중장, 종장 외구의 자수를 없애면 반시조가 될 것이다. (27~33자)

양장시조를 3장으로 표기하여 반시조로 만들 수도 있겠으나, 반시조로 표기한 초장과 중장이 시의 상, 상당한 거리를 가지고 각각 독립되면서도 통일된 한 수의 반시조를 이루어야 할 것이지, 초장과 중장과의 시의 상 거리가 없이 한 장을 두 장으로 나누어 표기했다는 인상이 엿보이는 폭이 좁은 것이어서는 양장시조는 좋을지 모르나 삼장체를 과시하려는 반시조로는 바람직한 것이 못된다며 앞의 주장을 폈다.

이런 주장에 대해 박을수는 이 제의는 시조가 갖는 제반 특성을 살리면서 자수만을 27자에서 33자 정도로 줄이자는 것인데 평시조의 3장 45자로서도 사실상 시상의 표현이 어렵다는 비난을 계속 받고 있는 시조의 입장에서 그것을 더 이상 축소함이 과연 가능할까? 또 그것을 그렇게 축소함으로써 시조가 갖는 이상의 한국적인 정취의 구현이 가능하겠는가? 또 그것이 가능하다면 우리 민족에게 익숙한 시조 형을 구태여 축소할 필요가 있을까? 축소되고 응결되는 것을 필요로 하는 것이 시라 하더라도 압축만이 능사가 아

니고 유장한 부연미敷衍美를 필요로 하는 것
이 시이기도 하다는 점을 감안할 때 많은 문
제를 내포하고 있다고 하겠다."고 평했다.

III. 새로운 정형시의 모색 양상

우리 현대 시사에서 전통적으로 지켜오고 있는 양식으로 시조가 유일하지만 우리가 간과하고 있는 것은 우리시의 정형화를 위한 참 많은 실험이 있었고, 지금도 그 실험이 왕성하게 이루어지고 있다는 것이다. 현대시 초기의 언문풍월, 김억의 격조시 그리고 4행시 같은 것은 제쳐두고 라도 현대에 와서 시단에서 정형화 실험이 많이 시도되고 있다.

1. 민조시民調詩

신세훈은 3. 4. 5. 6조의 정형시를 '민조시'라 이름 붙여 창작했다. 한국문인협회에도 2006년 분과가 생겼고, 민조시로 등단한 시인도 적지 않고 민조시집만도 수십 권이 더 나왔다. 이를 제안한 신세훈은,

"민조시 3. 4. 5. 6조는 내가 70년대 중반부터 개발하여 「심상」, 「시문학」, 「한국문학」 등을 통해 이미 실험해본 바 있다. 한 20여

편을 발표해 보았더니 좋다고 월평에 올린 시인도 있는가 하면 그런 실험시를 쓰지 말라는 충고도 있었다. 시조가 정형으로 남아 있는데 왜 새삼 새 정형시를 개발하느냐는 거였다. 그러나 나는 시조 형식에 현대의 문명, 문화, 비평 언어를 넣어 보았지만 불편한 점이 많았다. 그래서 이 현대의 다각적인 언어를 수용할 수 있는 우리말, 우리글의 정형을 새로 구현해보는 데 몰두한 나머지 이론에 앞서 3. 4. 5. 6조 '민조시'를 써 보았다. 시가 되어 갔다. 현대성 짙은 새로운 언어도 3. 4. 5. 6조에서는 무리 없이 잘 어우러져 들었다. 이제 나는 대담하게 '민조시'라는 이름으로 새로운 정형시 3.4.5.6조를 개발하여 우리나라문학사에 던져놓았다." (3.4.5.6조 천산, 2000. PP. 117-118)고 했다.

자유시
좋다지만
어찌 따르랴
우리의 민조시.

2. 풍시조諷詩調

풍시조란 박진환 시인이 제안하는 형식으

로, 풍자 투로 쓴 삼행시로, 단순한 풍자와는 달리 시대적 비리나 부조리를 문학적으로 엄하게 징벌한다는 의미의 '순수한 통징痛懲'을 강조한다. 12권의 풍시조집을 낸바 있다.

시인은 "그 동안 2천 편 가까이 시를 썼는데, 물론 모든 시가 사랑을 받을 수는 없다."며 "하지만 인구에 회자되지 않더라도 살아 있는 양심의 육성도 낼 필요가 있다고 생각한다."고 말했다. 이어 "물신주의가 지배하는 시대를 꼬집어야 했고 비리와 악행이 만연한 세태를 정신적으로 일깨워야겠다는 생각에 정신적 깨달음을 주는 장르인 풍시조를 만들었"고, 시인은 "아름다움을 주는 시도

있지만 지적으로 잘못을 지적할 수 있는 시가 시다운 시라고 믿는다."고 했다.

> "미는 북녘 뒤에 큰 키로 서 있는 장골라 보고
> 중은 남녁 뒤의 노란내 나는 양키를 보고
> 허리도 못 펴고 등 굽은 반도가 무슨 寶庫라고
> 보고보고 넘보고"

- '物神時代 1' 전문

한반도를 둘러싼 국제 정세를 다룬 첫 편을 시작으로 시인은 정치, 경제, 사회 등 세상 돌아가는 모습을 바라보며 따끔한 비판을 가한다.

3. 1행시

박희진 시인이 제안하는 시 형식으로 글자 그대로 1행의 시를 가리킨다. 박희진은 1행시 라는 제목으로 다음과 같은 4행시 한편을 쓴 적이 있는데 이것이 1행시를 제안하는 이유이며 1행시관이기도 하다.

"박희진의 1행시에 대하여
1행시라는 제목을 걸고 나는 다음과 같은 4행시 한 편을 쓴 적이 있다."

1행시는 단도직입이다. 번개의 언어다.

1행시는 점과 우주를 하나로 꿰뚫는다.

1행시는 직관적 상상력의 산물이다.

1행시는 시의 알파이자 오메가다.

나의 1행시관이 잘 요약되어 있다고 본다.

- 하략 -

작품의 예

1. 終末은 없다. 시시각각 새롭게 시작하라.

960. 美 란 무엇인가? 그것은 두고두고 반추되어야 할 영원한 話頭다.

- 박희진 시집, 『1행시 960수와 17자시 730수, 기타』

도서출판 시와 진실, 2003.

4. 17자시

　박희진은 '17자' 시라고 명명하여 17자로
된 시 730수를 위 책에 발표했다. 아래와 같
은 작품들이다.

　1. 奧地 오솔길 가고 또 가면 芭蕉를 만나리라.

　730. 물의 맑음과 유연성 지녔으면 평생을 두고

5. 10자시

　10자시는 최재목 시인이 제안한 것으로 10
자로 한 편의 시를 쓰는 것이다. 이미 『잠들

지 마라 잊혀져간다』, 샘터사, 2004. 단행본
이 나왔고, 10자시를 쓰는 이유를 머리말에
서 다음과 같이 밝히고 있다.

"나는 왜 열 자의 시를 쓰는가?

더 이상 시가 읽히지 않는다. 한마디로 시
는 시시해졌다. 몇 마디 말로, 글자로 우리의
삶이 따뜻해지고 뿌듯해지던 시절이 있었다.
시적 언어가 삶의 희망이고 자원이고 자산이
었던 것이다. 그러나 시는 죽었다. 시적 상상
력은 아무 쓸모없게 되고 말았다. 어쩌면 시
가 글자의 공해로조차 느껴진다면, 시가 참
으로 별 볼일 없다면 우리의 삶도 참 형편없

는 것이다. 얼마 전 어느 신문 제1면에 '열 자로 읽는 세상'이란 기획 연재 코너가 마련된 적이 있다. 딱 열 자 만을 사용하여 시를 쓰고, 그 밑에 100자 이내의 해설을 붙이는 것이다. 하필 왜 열 자인가. 글자 수가 더 적거나 많으면 안 되는가. 사실 이런 물음은 필요 없을지도 모른다. 난 지방의 모 신문사와 〈열 자로 읽는 세상〉을 기획할 때 그 기자와 만나 단 한 줄로 표현하는 일본의 하이쿠보다 더 짧게, 예컨대 열 자 정도로 더 멋지게 쓸 수도 있다고 겁 없이 확언하고 말았다. 이것이 이 글이 쓰여 지게 된 발단이다. 우연한 일이다. 물론 좋은 일들이나 발명, 발견이 우연에 기대어 나오기도 하지만 나는 나의 무모한 발언을 실천하고자 신경이 쓰였고 고민도 많았다. 어쩌면 열 자로 쓰는 시는 내 사고의 한계에 대한 테스트이자 내 사고 속의 언어가 갖는 한계에 대한 실험이었다.

길다고 다 좋은 것은 아니다. 물론 짧다고 다 좋은 것도 아니다. 시는 응축과 은유이다. 시는 원초에 대한 본원에 대한 투시이고 직관이다. 시는 거짓과 가짜에 대한 진실을 이야기하고자 하며, 일상의 무덤에 대해 그것을 늘 새롭게 깨어있게 만든다. 그리하여 시는 낯익은 것들을 낯설게 한다. 인간과 세계가 가진 다양한 의미와 가치를 환기시켜주고 재인식시켜준다. 시는 그 본질을 드러내고자 한다. 그래서 시가 가진 눈은 바로 아이들의 마음 즉 동심에 차 있게 마련이다. 시에는 "왜 그래?", "정말 그래?" 하고 늘 끊임없이 묻는 정신이 있다. 이 점에서 시는 철학이고 시인은 철학자이다.

시인은 쌓는 자이며 동시에 허무는 자이다. 시인은 가난한 자이며 동시에 부유한 자이다. 시인은 몸인 동시에 마음이다. 시인은 과거인 동시에 미래이다. 시인은 희망을 갈구하는 동시에 절망을 갈구한다. 그러나 나는 이렇게 이야기하고 싶다. 시인은 "말한다. 그러나 결코 말하지 않는다. 말하라, 그러나 말하지 말라."고 하는 자라고, 시인은 고요의 창을 뚫어 시끄러운 세상을 이야기하고, 시끄러움의 파편에다 고요의 날개를 달기도 하는 재주꾼이다.

열 자로도 세상을 말 할 수 있다. 아니, 열 자만으로도 우리들의 영혼은 충분히 아름다워질 수 있다. 그러나 열 자가 말하지 않고 있는 것, 말하지 못하는 것은 해설부분이 좀더 보완적으로 말할 것이다. 그런데 나는 열 자의 시 속에서 있는 것을 있는 그대로 이야기할 뿐 무언가 새롭게 보탠 것은 없다. 내가 이야기하지 않아도 누군가는 언젠가 이야기할, 아니 이미 이야기했을 진실들을 열 자로

밝혔을 뿐이다.

이 시편들은 이제 모두 생각하고 느끼는 자의 것이다. 그렇다면 열 자는 더 이상 열 자가 아니다. 누군가가 이글을 읽고 풀어진 마음을 다잡고 때론 긴장된 마음을 느긋하게 풀며, 좋은 화두를 얻어 삶의 진지하고도 따스한 부분을 스스로 열어갈 수 있다면 나는 더없이 즐거울 것 같다."

〈작품〉 예

영원

잠들지 마라 잊혀져간다

불면으로 뒤척인다. 무엇을 이토록 응시하려는가. 눈감으면 곧 잊고 마는 것들, 면전에 피고지는 꽃잎 같다. 불멸이라는 말을 함부로 하지 말자. 잠들지 않는 마음, 거기 영원이 깃든다. (시집 118쪽)

Ⅳ. 정형시 실험과 새로운 정형시 모색의 의미

지금까지 시조의 형태적 실험에 관한 양상과 새로운 정형의 모색 양상을 살펴보았다. 정형시 실험은 그 긴 역사에 비하면 실험이 많았다고 보기는 어렵다. 이를 전체적으로 살핀 박을수는 "이런 모든 시도가 시조를 좀 더 발전시켜 보려는 시도라는 점에서 모두가 희망적이고 바람직한 움직임이나 지나친 변혁만이 능사가 아님은 알아야 할 것이다. 시의 발전은 과거에 대한 반항과 정당한 저항에서만 가능하다 하더라도 시조의 특징은 초중 종 3장의 형태에 있고, 기승전결 형으로 되어 강력한 호소력을 줄 수 있다는 시상 전이의 특징으로 한국적인 향취를 풍겨주는데 있다는 점을 감안할 때 시조형은 역시 평시조형이 이상적임은 시조의 성장 역사가 증명해주는 것이라 하겠다." 고 정리했다.

이 같은 견해가 시조단을 지배하고 있는 것을 부정하기 어렵다. 필자도 이 견해에 대체적으로 긍정한다. 그러나 시조의 미래를 위해서 앞에서 살핀 바 있는 이은상의 "이 장시조에 대하여" 와 다음의 이호우 시인의 견해, 일본 정형시 하이쿠의 변모 양상을 살펴보면 언제까지나 그런 실험을 외면하기는 어렵다고 본다.

이호우 시인은 『이호우 시조집』(1955년 4월) 후기에서 "한 민족 국가에는 반드시 그 민족의 호흡인 국민시가 있고, 또 있어야만 하리라 믿는다. 나는 그것을 시조에서 찾고 이뤄 보려 해 보았다. 왜냐하면 국민시는 먼첨 서민적이어야 할 것임에, 그 형이 간결하여 짓기가 쉽고 외우고 전하기가 쉬우며 또한 그 내용이 平明하고 주변적이어야 할 것임으로 시조의 현대시로서의 성장을 저해하고 있는 정형 즉 단형과 운율적인 비현대성이 국민시적 형으로서는 도리어 적당한 요소가 될 수 있기 때문이다. 지금까지 많은 선배와 동인들이 이 시조의 국민시화를 위하여 진실로 피나는 노력을 해왔다. 그러나 그것은 어데까지나 재래적인 시조관념의 테둘레 안에서 해결코자 해 왔다고 본다. 그러므로 나는 그와 달리 이의 테둘레 밖에서 해결해 보고자 한 것이다." 라고 했는데 여기서 실험의 방향을 암시 받을 수 있다. 시조 안에서만 시조를 바라볼 것이 아니라 시조 밖에서 바라보아야 하는 것이다. 그런 의미에서 일본

의 정형시 하이쿠의 정착 과정을 살펴보는
것도 의미 있을 것이다.

이어령은 『하이쿠의 시학』, (서정시학, 2009.
PP.261-262.)에서 "하이쿠(홋쿠)와 5·7·5, 17
(열일곱) 문자의 형식은 와카의 5·7·5·7·7에
서 조오쿠 만을 딴 것이다. 아래 7·7의 단쿠
는 언제나 누군가에 의해서 화답되는 침묵의
말로 남아있는 것이다. 그러므로 혼자서
5.7.5, / 7.7 전부를 읊고 모든 것을 말해버리
는 와카와는 다르다. 하이쿠는 어떤 주장이
나 설명, 논리적 귀결점 따위는 아래의 7.7에
맡겨버린다. '마키기부'의 그 와카에서도 위
의 「소리도 없이 갓 피어나는 매화꽃이여」뒤

에 오는 「향기 불지 않았다면 뉘라서 알았으리요.」의 7.7부분은 그 매화에 대한 코멘트이다. 그러므로 듣는 이가 아래의 7.7을 붙인다고 가정하면, 다음에 말을 붙이는 사람이 더 좋은 시흥을 자아내기 위해서는, 또한 그 사람이 할 말을 남겨놓기 위해서는 상상력을 움직이게 하는 자유와 암시적인 것을 주어야 하는 것이 홋구의 운명이다.”라고 했다. 그리 길지 않은 형식에서 홋구를 버려서 더 짧게 만든 것이다.

그런데 한국의 정형시 시조 실험에서 단형 시조를 확대한 것은 대체로 성공했고, 축소한 것은 모두 수용되지 못하고 있다. 확대가 가능하다면 축소도 가능한 것이 일반적인 논리가 아닌가. 시조가 단형이라 더 줄일 게 없다는 견해가 지배적이기 때문일 것이다. 그러나 시조단의 시조가 모두가 꼭 같은 형식으로만 창작되어야만 하는가? 시조가 우리 삶을 담는 그릇이라면 달라진 삶은 그릇이 다를 수도 있다. 그래서 시조의 원형인 단형 시조의 형식을 확대하든 축소하든 시조의 근간을 유지하면서 여러 실험을 해 보는 것은 바람직한 일이다.

새로운 정형의 모색 양상은 짧은 시로 쏠리고 있는 특징을 보이고 있다. 신문학 초창기에 실험되었던 언문풍월이나 4행시 같은 경우는 현대에 들어와 실험되고 형식에 비해 짧다고 할 수는 없다. 앞에서 살핀 바대로 새로운 정형시로 모색되고 있는 형식들은 대부분 짧다.

박진환이 주장하고 있는 풍자시 외는 10자시, 17자시, 민조시, 1행시 등은 모두 20자 이내다. 오랜 역사를 가지고 있는 시조의 종장이 정형으로 칠 때 15자. 그렇다면 시조의 종장과 비슷한 것이다. 따라서 시단에서 실험하고 있는 새로운 정형시 모색 양상은 시조의 종장 형식을 크게 넘어서는 것들이 아니다. 아직 그 어느 것도 새로운 정형의 주류를 형성한 단계도 아니다. 그러나 이런 실험이

다양하게 전개된다는 것은 정형시 미학이 요구되고 있다는 사실을 보여주는 것이다.

최동호 시인이 주창한 극서정시極抒情詩는 정형화를 추구하는 것이 아니다. 장황한 서정시, 난삽한 서정시, 소통불능의 서정시를, 한국 시의 문제로 인식하고 우리 시의 나아갈 길로 극서정시를 제안하고 있다. 최동호의 극서정시는 극도로 정제된 서정시, 다시 말하면 단형의 소통 가능한 서정시를 지칭하는 것이다. 한 행 또는 서너 행의 서정시를 이상적인 형태로 지향한다. 그렇다면 단장시조와 연결고리를 만들 수 있다. 실제 최동호는 '극서정시의 기원과 소통' (유심 2011. 7

월)에서 이종문의 '단장시조를 다시 생각함'
(현대시학 2011. 1)에서 "그는 문무학의 '내',
박기섭의 '적멸궁' 등의 작품이 단장시조의
가능성을 보여준 실례"라고 쓴 것을 인용하
기도 했다.

V. 요약과 제언

  본고를 통하여 예술의 세계에서 실험이 얼마나 중요한 것인가를 거듭 확인할 수 있었다. 한국의 정형시, 시조에서의 실험은 성공하기 위해서가 아니라 실패하기 위해서라도 이루어져야 한다. 성공하면 시조 형식의 활용이 다양해지는 것이고, 실패하면 원형의 견고함을 다지는 결과가 되기 때문이다.

시조 형식 실험은 원형인 3장의 평시조를 확대하거나 축소하는 두 가지 방향에서 진행되었다. 확대의 형식은 근대 이전에 이루어진 사설시조, 엇시조, 근대 이후에 연시조, 겹시조, 옴니버스 시조, 서사시조 등의 실험을 거쳐 현대에 이르고 있다.

형식을 축소하는 방향에서 이루어진 실험은 시조 3장의 각 장에서 한 장을 이루는 두 개의 구를 한 구만으로 작품을 써서 3장 3구의 시를 쓰자는 주장의 반시조, 3장 중 초중장을 합쳐 한 장과 종장으로 이루어지는 이장시조(양장시조), 시조의 종장만으로 쓰는 절장시조(단장시조) 가 있었다.

새로운 정형의 모색에서는 대체로 다섯 가지의 실험이 있었다. 행과 글자 수를 가지고 정형을 모색하고 있었다. 시 한 편을 3. 4. 5. 6의 자수로 쓰는 민조시, '순수한 통징痛懲'을 강조하며 풍자 투로 쓰는 3행시인 풍시조, 그 외 1행시,(글자 수와는 관련 없이) 17자시, 10자시가 그것이다.

　시조의 실험 결과는 형식을 확대하는 방향의 실험은 성공했다. 사설시조가 그렇고 연시조가 그렇다. 그러나 형식을 축소하는 방향에서 이루어진 실험은 성공하지 못했다. 반시조도 이장시조도 절장시조도 그렇다.

　새로운 정형시의 모색 과정에서도 아직까

지 문단에서 크게 수용되고 있는 형식은 없다. 다만 이렇게 다양하게 새로운 정형이 모색되고 있다는 것은 정형시 미학이 요구되고 있다는 사실을 반영하는 것이라는 점에서 간과하지 말아야 한다는 생각을 갖게 한다.

따라서 한국의 정형시 시조가 한국 민족시로서의 위상을 굳건히 지켜가기 위해서는 시대 흐름과 호흡을 같이하는 형식 활용의 방법을 찾아야 한다. 우리의 정형시가 버젓이 존재하고 있음에도 불구하고 새로운 정형 미학을 모색하고 있다는 것은 어떤 의미에서 시조의 변화를 요구하는 것일지도 모른다.

새롭게 모색되고 있는 정형시는 대체로 10

자에서 20자 사이의 글자 수로 모색되고 있다. 시조는 짧다. 원형이 45자 내외, 양장시조가 30자 내외, 단장시조가 15자 내외로 쓸 수 있다. 현재 시도되고 있는 새로운 정형은 대체로 시조와 크게 다르지 않다는 점에서 유구한 역사를 지닌 정형시 시조를 넘어서기가 어려울 것이다.

따라서 시조에서 양장시조(2장시조), 단장시조(절장시조) 창작의 활성화를 통해서 정형미학의 요구를 충족시킬 수 있을 것으로 보인다. 절장시조의 경우 시조의 핵이라고 하는 종장만으로 훌륭한 정형시가 될 수 있다. 위에서 살핀 하이쿠의 논리에 비추면 단장시조는 시조가 기.승.전.결起承轉結 구조로 이야기 한다면 '전.결轉結'의 구조를 갖는 것이다. 하이쿠가 먼저 읊고 나머지 부분을 누군가 읊어주게 하는 형식이라면, 단장시조는 기.승起承을 줄여서 전.결轉結을 시로 읊고, 기.승起承은 독자에게 맡겨주는 형식으로 볼 수 있다.

따라서 우리 민족 고유의 정형시, 시조의 미래를 위해서 시조 형식의 활용을 극대화하는 양장시조나 절장시조 창작의 활성화는 결코 시조를 "위해危害 '하는 일이 아니라 시조의 미래를' 위한"일이 될 것이다.

문무학 *Moo Hag-Moon*

1980년부터 시조를 썼다. 그간 죽자 사자 쓴 것도 아니고,
그렇다고 지독하게 게으르지도 않았다. 최근 10여 년간 시조의
영토 확장을 꿈꾸며 '종장'으로만 작품을 써왔다.
격려도 없지는 않았지만 비난이 쏟아졌다. 그런 격려와 비난을
먹고 이 시집이 태어난다.
나는 이 작업을 실험으로 생각하며, 실험은 어떤 의미에서든
'위해(危害)'가 아니라 '위함'이 된다고 믿고 있다.
한편으로는 2009년 내 여섯 번째 시집 『낱말』을 통해 드러냈던
쉬운 말, 혹은 재미있는 시의 맛을, 짧지만 깊게,
작지만 넓게 이어가고 싶다.
그 쉬움과 재미 속에 제 모습 쉬 드러내지 않는 그 무엇을 짧고
작음 속에 서리서리 넣고 싶었다. 그리하여 독자와 내가
숨바꼭질하듯 말로 혹은 시로 더 많이 노닥거려서,
영혼의 근육이 튼튼해지기를…그런 턱없는 희망을 쓰다듬으며
이 『홀』을 건넨다.